KB185952

9791191861198

아니 에르노 노벨문학상 수상 연설

아니 에르노
노벨문학상
수상 연설

윤석헌 옮김

레모

아니 에르노는 개인의 기억의 근원과
그 기억에서 멀어짐, 기억에 가해지는
집단의 억압을 특유의 용기와
일상적인 날카로움을 통해 탐구했다.

_ 노벨상 선정 이유

'어디서부터 시작해야 할까?' 빈 종이를 앞에 두고
나는 수십 번이나 같은 질문을 되풀이했습니다.
한 권의 책을 시작하게 하고 단숨에 모든 의혹을
떨쳐줄 단 하나의 문장을 찾으려 할 때처럼.
일종의 열쇠를 찾아야 했습니다. '이 일이 정말
내게 일어난 일이 맞을까?' 하는 생각이 들 정도로
어리둥절하기만 한 사건이 지나가고, 점점 더
공포감을 불러일으키는 상상 속 상황을 맞이한

지금, 나는 같은 필연성에 사로잡혀 있습니다.
오늘 밤, 여러분의 초대를 받아 선 바로 이곳에서
떨지 않고 말할 수 있는 자유와 확신을 줄 문장을
찾는 것.

멀리서 찾을 필요는 없었습니다. 그 문장이
갑자기 떠올랐으니까요. 아주 분명하고 강렬하게.
간결하지만 결정적인 문장. 60년 전 일기장에 쓴
문장입니다. "나의 종(種)을 배신하기 위해 나는
글을 쓰겠어." 이 문장은 "나는 영원히 저급한
종이다"라는 랭보의 외침에 대한 응답이었습니다.
당시 나는 스물두 살이었습니다. 지역 부르주아
출신이 대부분인 남녀 학생들 사이에서 문학을
공부하는, 한 지방 대학의 학생이었습니다. 나는
오만하고 순진한 생각을 했습니다. 책을 쓰고

작가가 되는 것이야말로 소작농이자 노동자,
소상공인이며 품행과 억양이 이상하고 상식이
없다는 이유로 무시당하는 사람들의 마지막
자손인 내가, 태어난 사회 계층의 정의롭지 못함을
바로잡는 길이라고. 우수한 학업성적을 거둔 학교
교육이 내게 심어놓은 환상 속에서 이 같은 개인의
승리가 여러 세기 동안 지속된 지배와 가난을 지울
수 있으리라 생각했습니다. 나의 개인적 성취가 그
어떤 굴욕과 모욕을 바로잡을 수 있었을까요? 그
당시 나는 이런 의문을 품지 않았습니다. 몇 가지
변명거리가 있었죠.

읽기 시작한 이후로 책들은 나의 동반자였고,
독서는 학교 밖에서 자연스럽게 빠져드는
일이었습니다. 이러한 취향은 상점에서

손님이 뜸해질 때마다 열심히 소설을 읽던
어머니의 영향을 받았습니다. 어머니는 내가
뜨개질이나 바느질을 할 때보다 책을 읽을
때 더 기뻐하셨지요. 책값은 비쌌고, 다니던
가톨릭 학교에서 책을 경계의 대상으로 삼은
탓에 나는 더더욱 책을 탐하게 되었습니다.
『돈키호테』, 『걸리버 여행기』, 『제인 에어』,
그림 형제와 안데르센의 동화들, 『데이비드
코퍼필드』, 『바람과 함께 사라지다』, 좀 더
후에는 『레미제라블』, 『분노의 포도』, 『구토』,
『이방인』까지. 학교의 추천 도서 목록을
따르기보다 우연에 맡겨 책을 골랐습니다.

나는 문학을 공부하겠다고 '선택'했습니다. 다른
모든 것보다 최상의 가치가 된 문학, 플로베르나

버지니아 울프의 소설 속에 나 자신을 투영하고,
그 안에서 말 그대로 삶의 방식이 되어버린 문학에
머물겠다는 선택이었습니다. 문학은 나 스스로
내가 속한 사회 계층과 무의식적으로 대립시킨
대륙 같은 것이었습니다. 그때 나는 글쓰기를 단지
현실을 미화하는 가능성으로만 여겼습니다.

새로운 형식을 탐색했다는 장점밖에 없는 첫
번째 소설이 두세 곳의 출판사에서 출간을
거절당해서가 아니라, 삶의 상황들이 내 욕망과
자만을 꺾었습니다. 성별에 따라 그 역할이
정해지고, 피임이 금지되고, 임신 중단이 범죄인
사회에서 여성과 남성이라는 성(性)의 차이가
가차 없이 짓누르는 삶의 상황들 말입니다. 두
아이를 키우는 부부로서, 교사로서, 그리고 집안

살림을 책임져야 했던 나는 글쓰기에서, 그리고 내
종(種)을 배신하겠다는 결심에서 매일같이 점점
더 멀어졌습니다. 카프카의 「법 앞에서」를 읽으며
내 운명을 형상화하지 않을 수 없었습니다. 오로지
나 한 사람만을 위해 만들어진 문을 뛰어넘지
못하고 죽는 것. 오로지 나만이 쓸 수 있는 책을
쓰지 못하고 죽는 운명.

하지만 개인적이고 역사적인 우연을 고려하지
않았었습니다. 휴가를 맞아 부모님을 뵈러 간 지
사흘 만에 돌아가신 아버지의 죽음, 내가 속했던
서민 계층과 비슷한 출신의 아이들이 있는 학급의
교사직, 체제 비판에 대한 세계의 움직임까지. 이
모든 요인은 예측되지 않는 민감한 방식으로 나를
내 기원의 세계, 나의 '종(種)'으로 되돌아오게

했고, 비밀스럽고도 절대적으로 긴급한 특징을
써야 한다는 욕망을 불러일으켰습니다. 스무
살에 품었던, '무(無)에 관해서 쓴다'는 환상과는
달랐습니다. 억압된 기억이라는 말할 수 없는
것 속으로 빠져들고, 내 종족이 살아온 방식을
밝히겠다는 욕망이었으니까요. 내가 나의
기원에서 멀어졌던 이유, 그 내적이고 외적인
이유를 이해하기 위해 나는 쓰고자 했습니다.

어떤 글쓰기를 선택해야 하는지 자명하지
않습니다. 하지만 부모의 언어를 더는 말하지
않는 이민자들 그리고 더는 같은 언어를 사용하지
않는 사회 계층을 이동한 자들은 다른 단어들로
생각하고 표현합니다. 그들 모두 부수적인
장애물들을 앞에 두고 있습니다. 일종의

딜레마이지요. 그들은 실제로 습득한 언어이자
지배의 언어, 그들이 배워서 숙달한 언어이자
문학 작품 속에서 경탄한 언어로 글을 쓰는 일에
어려움을 느낍니다. 더 나아가 불가능하다고
생각합니다. 그 언어로 자신들의 출신 세계를,
일상과 일, 사회에서 차지한 자리를 말하는 감정과
단어들로 이루어진 첫 번째 세계와 관련된 모든
것을 쓸 수 없다고 느낍니다. 한쪽에는 그들이
돌발성과 침묵으로 사물들을 명명하는 법을
배우는 언어가 있습니다. 가령 알베르 카뮈의
매우 아름다운 텍스트 「긍정과 부정 사이」에서
어머니와 아들이 주고받는 대화에서 이런 측면을
찾아볼 수 있습니다. 다른 한쪽에는 경탄하고
내면화한 작품들이라는 모델, 첫 번째 세상을
열어주고, 계급 상승에 빚을 졌다는 생각을 갖게

하며, 심지어 종종 진정한 조국이라고 여겨지는
모델들이 있습니다. 내게는 플로베르, 프루스트,
버지니아 울프가 그렇습니다. 하지만 글을 다시
쓰려는 순간, 이 작품들은 내게 어떤 도움도
되지 않았습니다. '잘 쓰는 것', 아름다운 문장,
내가 학생들에게 가르쳤던 바로 그런 문장과
단절해야만 했습니다. 나를 관통했던 균열을 뿌리
뽑고, 전시하고, 이해하기 위해서. 그러자 분노와
조롱, 심지어 상스러움마저 동반된 소란스러운
언어가 자연스럽게 나를 찾아왔습니다. 과도한
언어, 반란을 일으킨 언어, 마치 멸시와 수치심,
수치심을 느낀 것에 대한 수치심의 기억에 대해
유일하게 답할 수 있는 방식이라도 되는 듯,
그것은 모욕당하고 굴욕당한 이들이 사용하는
언어였습니다.

아주 빠르게, (다른 출발점은 시도할 수 없을
정도로) 내 사회적 균열의 이야기를 학생
시절 나 자신이 처했던 상황 속에 고정해야
한다는 생각이 뚜렷해졌습니다. 참으로 분노로
가득했던 상황이었지요. 프랑스 정부는 여전히
불법 임신중절 산파에게 중절을 받아야 하는
여성들을 처벌했습니다. 그리고 나는 여자아이인
내 육체에 일어난 모든 일을, 쾌락의 발견을,
생리를 이야기하고 싶었습니다. 가령 1974년
출간한 첫 책 『빈 옷장 *Les armoires vides*』에서,
당시에는 의식하지 못한 채, 내 글쓰기 작업을
한정하는 영역을 정했습니다. 사회적이며 동시에
페미니즘적인 영역이었지요. 그때부터 나의
종(種)을 배신하고 나의 성(性)을 배신하는 일이

동일한 일이 되었을 겁니다.

글쓰기에 대한 성찰 없이 어떻게 삶을 성찰할
수 있을까요? 글쓰기가 존재들과 사물들에
대해 경탄하거나 내면화하면서 재현한 것들을
강화하는지 혹은 어지럽히는지, 스스로 묻지
않고 삶을 성찰할 수 있을까요? 폭력과 조롱으로
반란을 일으킨 글쓰기는 지배받는 이의
태도를 반영하지 않을까요? 독자가 문화적인
특권자일 때, 그는 실제의 삶에서와 마찬가지로
책의 인물과 관련해 우월하고 거만한 위치를
점유했습니다. 그러니까 시작은 이런 시선을
피하기 위해서였습니다. 내가 늘 이야기하고
싶었던 내 아버지를 바라보던, 참기 힘들었을지
모를, 그리고 스스로 배신이라고 느꼈던 그

시선을 피하고자 나는 네 번째 책 『남자의
자리 *La place*』부터 중성적인 글쓰기, 객관적인
글쓰기, 말하자면 메타포도 감정적인 기호도
일절 없다는 의미에서의 '평평한' 글쓰기를
채택했습니다. 폭력은 이제 드러나지 않았습니다.
폭력은 글쓰기가 아니라 사실 그 자체에서
비롯되었습니다. 실재와 실재가 전한 감각을
동시에 포함한 단어들을 찾는 것은 오늘날까지 그
대상이 무엇이든 글을 쓰면서 느끼는 변함없는
고민이 되었습니다.

나는 계속해서 '나는'으로 시작되는 말하기가
필요했습니다. 일인칭─대부분의 언어권에서,
말문이 터지는 순간부터 죽을 때까지 우리는
일인칭으로 존재합니다─은 종종 문학적인

사용에서 허구적인 인물로 소개된 '나'가 아니라, 작가를 지칭하면서부터 나르시시즘적인 것으로 간주되었습니다. 프랑스에서 18세기까지만 해도 회고록에 자신의 대단한 위업을 서술하기 위한 귀족의 특권처럼 사용된 '나는'은 민주적인 정복, 개인의 평등에 대한 확신과 그들이 역사의 주체가 되는 권리라는 사실을 떠올릴 필요가 있습니다. 이는 장자크 루소가 『고백록』의 첫 번째 서문에서 주장한 바와 같습니다. "오로지 민중의 한 사람으로서의 나는 독자들의 주의를 끌 만한 이야기가 하나도 없을 것임을 반박하지 않는다. (…) 내가 비천한 삶을 살았을지라도, 내가 만약 왕들보다 더 많이 생각하고 더 잘 생각했다면, 내 영혼의 이야기는 그들의 이야기보다 훨씬 더 흥미롭다."

내게 동기를 부여한 것은 평민의 자만이 아닌,
감각들을 포착하는 탐색의 도구로서의 일인칭—
프랑스어에서 남성과 여성의 형태가 같은—을
사용하고자 하는 욕구였습니다. 기억이 파헤쳤던
감각들, 언제 어디서나 주변 세계가 끊임없이
우리에게 주는 감각들을 포착하기 위해서요.
감각이라는 전제조건은 나의 안내자인 동시에
내 탐구의 진실성을 보증해주었습니다. 하지만
어떤 목적으로? 내 삶의 이야기를 하거나 내 삶의
비밀들에서 해방되고 싶어서는 아니었습니다.
이는 경험한 상황, 어떤 사건, 사랑의 관계를
해독하고, 가령 글쓰기만이 존재하게 할 수
있고, 어쩌면 다른 사람들의 의식과 기억 속으로
흘러가게 해줄 무언가를 드러내는 행위였습니다.

누가 사랑과 고통을 그리고 애도와 수치스러움을 보편적이지 않다고 말할 수 있을까요? 빅토르 위고는 "우리 중 누구도 자신만의 삶을 살 수 있는 영광을 누리지 못한다"라고 썼습니다. 하지만 모든 사건은 개인적인 방식으로—"이 일은 바로 내게 일어난 일이다"—냉혹하게 체험됩니다. 책 속의 '나는'이 어떤 식으로든 투명해진다면, 그 사건들은 독자의 '나는'이 그 자리를 차지할 때에만 동일하게 읽힐 수 있습니다. 결국 '나는'은 개인을 넘어서고, 개별적인 것은 보편적인 것에 도달합니다.

그런 식으로 글쓰기에서 나의 책무를 생각했습니다. 이는 독자라는 범주를 '위해서' 쓰는 데 있지 않았습니다. 여성이자 내부에서

이동한 자로서의 나의 경험에서 '출발하는', 이제
점점 더 지나온 세월이 길어진 내 기억에서부터,
끊임없이 타인들의 이미지와 말들의 공급자로서
현재에서 출발하는 데에 있습니다. 글쓰기에 나
자신을 저당 잡힌 듯한 이러한 책무는 신뢰를
통해 지지받았고, 그 신뢰는 확신이 되었습니다.
한 권의 책은 개인의 삶을 변화시키는 데 기여할
수 있고, 참아내고 감추었던 경험들의 고독을
깨트리는 데, 스스로 다르게 생각하는 데 기여할
수 있습니다. 말할 수 없는 것이 분명해질 때,
그것은 정치적입니다.

오늘날 우리는 남성들의 힘을 전복시키기
위해 단어들을 찾아내고, 이란에서처럼
가장 폭력적이고 가장 낡아빠진 방식에 맞서

들고일어난 여성들의 혁명을 통해 정치적인 것을
봅니다. 그런데도 민주주의 국가에서 글을 쓰면서
나는 문학의 영역을 포함해 여성들이 차지한
자리에 대해 계속해서 나 자신에게 묻고 있습니다.
여성은 아직 문학 작품의 생산자로서 정당성을
얻지 못했습니다. 프랑스를 비롯해 전 세계 곳곳에
남성 지식인들이 있습니다. 그들에게 여성들이
쓴 책들은 존재하지 않습니다. 남성 지식인들은
여성들이 쓴 책을 언급하지조차 않습니다. 스웨덴
한림원이 나의 작업을 인정한 것은 모든 여성
작가의 정의와 희망의 신호입니다.

오로지 그 대상이 되는 이들만 느끼는
계급과 (혹은) 종(種), 성(性)의 내면화된
지배 관계라는 사회적으로 말할 수 없는 사실을

분명하게 할 때 개인뿐만 아니라 집단의 해방
가능성 또한 드러납니다. 언어, 모든 언어가
가지고 있는 관점과 가치를 제거하면서 현실
세계를 해독하는 것, 이는 기존의 질서를 뒤집고
위계를 뒤엎는 일입니다.

하지만 나는 남성 혹은 여성 독자의 수용을 따르는
문학적 글쓰기의 정치적 행위와 사건, 갈등,
사고와 관련해 제가 취해야 한다고 느끼는 입장을
혼동하지는 않습니다. 나는 제2차 대전 이후에
성장한 세대입니다. 작가와 지식인들이 프랑스
정치와 관련해 자신의 입장을 밝히고 사회적인
투쟁에 열중할 필요성이 자명했던 시절입니다.
그들의 말과 참여가 없었다면 당시 상황들이
어떻게 달라졌을지, 오늘에 와서 말할 수 있는

사람은 없습니다. 다양한 경로로 정보가 제공되고, 무관심의 형태에 익숙한 이미지들이 타인들에 의해 빠르게 대체되는 오늘날의 세계에서 자신의 예술에만 집중하는 것은 유혹적입니다. 그러나 이러한 시대에 유럽에서는 러시아 독재자가 주도하는 제국주의 전쟁의 폭력으로 여전히 숨기고 있는, 철퇴와 폐쇄의 이데올로기가 꾸준히 영역을 확장해 이제는 민주주의 국가에까지 이르렀습니다. 외국인과 이민자 배척, 경제적 약자를 향한 무관심, 여성의 신체 감시에 기반을 둔 이 이데올로기는, 인간의 가치는 언제 어디에서나 동일하다고 믿는 모든 이들에게, 그리고 내게 경계의 의무를 부여합니다. 경제적인 힘을 손에 쥔 이들의 탐욕으로 인해 상당 부분 파괴된 지구를 구해야 하는 부담이, 우려하는

것처럼, 이미 빈곤한 사람들에게 전가되어서는
안 됩니다. 역사의 어떤 순간에 침묵은 정당하지
않습니다.

최고로 영예로운 문학상을 내게 주셨기에,
고독과 의혹 속으로 이끌린 글쓰기 작업과 그간의
개인적인 탐색이 밝은 빛 속에 자리하게 됩니다.
그 빛은 나를 눈부시게 하지 않습니다. 나는
노벨문학상 수상이 개인의 승리라고 생각하지
않습니다. 노벨상 수상이 어떤 면에서 집단의
승리라고 생각한다 해도, 이는 나의 자만이나
겸손이 아닙니다. 나는 그들의 성별, 종족, 피부색,
문화가 무엇이든 온 인류를 위해 갖가지 방식으로
더 큰 자유와 평등과 존엄을 희망하는 이들과 이
자부심을 나누겠습니다. 또한 앞으로 올 세대를

생각하는 이들, 소수의 이익에 눈이 멀어 인류의
생존을 위협하는 세력으로부터 우리 지구를
지키려는 이들과 나누겠습니다.

'나의 종(種)을 배신'하겠다던 스무 살의
약속을 돌이켜보면, 나는 그 약속을 실현했다고
말할 수 없을 것입니다. 그 약속에서, 나의
조상들에게서, 노동에 지쳐 일찍 생을 마감한
남자와 여자들에게서 나는 충분한 힘과 분노를
얻었습니다. 그 힘과 분노는 문학에, 다양한
목소리의 총체 속에 그들의 자리를 마련하고야
말겠다는 욕망과 야심을 갖게 해주었습니다.
아주 어려서부터 다른 세상으로 들어가는
통로를 제공하고, 문학에 맞서 반항하고 문학을
변화시키고 싶다는 생각을 비롯해 다른 생각을

할 수 있는 길을 열어준 바로 그 문학 속에
그들의 자리를 만들어주고 싶었습니다. 여성이자
계급탈주자로서의 나의 목소리를 언제나 해방의
장(場)으로 소개되는 그곳, 문학 속에 기입하기
위해서.

아니 에르노 노벨문학상 수상 연설

지은이 아니 에르노
옮긴이 윤석헌
펴낸이 윤석헌
편집 이승희
제작처 세걸음
펴낸곳 레모
출판등록 2017년 7월 19일 제 2017-000151 호
주소 서울시 서초구 서초대로 33길 99, 201호
전자우편 editions.lesmots@gmail.com
인스타그램 @ed_lesmots